僑吴集

六

記

遂昌鄭元祐明德著

藏書樓記

與天地相久遠者聖人之道也然道非書則不傳故六經所以統天地之心若夫史子百家之言其載道雖不能無淺深措詞不能無工拙下逮芻蕘稗官亦未有背道而可以傳世行後得齒列於藏書之家者故藏書之家自經出坑焚漢武表章以後今幾二千年儒先班輩出其翼經以明道析理以傳經其於三才萬物之理洎忽幾微之驗名物度數之詳興壞理亂之故其為書充棟汗牛藏之中祕者固所不敢論若昔張氏晁氏葉氏陳氏其所藏書既竭其貲力以營購又竭其心思以表題然今書雖散亡而猶可以見其嗜古而力學視築臺榭貯歌舞孌臧於須臾之頃者相去豈不萬萬哉雖然藏書者豈徒鬪卷帙之富競籤軸之美哉蓋將講讀討究以致其博及其至也則必斂之於約以驗其所自得者焉不若是則是夸多鬪靡也則是求知干祿也曾何足以致博極之功研諸家之說也維揚陳君季模家馬䭾沙之上沙當揚子江之心而百川之水悉滙為既久於是至其子天鳳字舜儀生有異禀由髫髻以至于冠惟理義是說惟圖籍是眈君愛其子之嗜學也於是以其家舊藏書合新購而得之者凡五萬餘卷築樓於居之東而藏書於樓之上樓之前鑿池以瀦水其後萬竹森立都水庸田使白野泰公為篆三大字以揭之乞予為之記曩杜徵君原父每道陳君之賢今徵君已逝海内猶所稱尚則君之賢詎不信夫故為記於樓壁俾讀之者當知陳氏藏書之意不為科名發也不為利祿設也

盖以為反身窮理非誠有志於聖賢之學者不足與語陳氏藏書之意也異時舜儀盡讀其父書據博約之要探天人之際外功利之說悉其精不忽乎其觕明乎遠不畧乎其近聲望學業充然被大江之北南是則陳氏藏書之驗也若夫登樓而四顧山川風物予雖老矣君能欵於樓之央猶能一為賦之

德聚堂記

海虞陳子善名其燕寢曰德聚堂索予記之嘗觀諸易萃固聚矣若渙則渙而非聚也然聖人皆曰王假廟夫能聚合渙散之人心孰有嚴於宗廟孝享者故曰社稷宗廟之間未施敬於民而民敬之況於王者翼翼禋祀之時乎昔晉大夫見冀缺耨其妻饁而敬也即曰敬德之聚也是知春秋雖尚戰爭而士大夫之見道固已如此後更程謝諸儒乃指敬為聖學之始終然其實不外乎德之聚而已聞子善兄弟四人友愛篤至家居更二百餘年繚垣之喬木傳家之腴田歲長而日植者敷紓而晝蔚人知其根深柢固食其德於無窮矣予入吳未廿年其變故相尋者日接於目也而陳氏兄弟厚有其家之以非孝弟之心詩書之澤凝聚而不散安能爾乎夫吳之人使盡如其兄弟亦何至於變故相尋耶為之記豈但美夫陳氏兄弟併以告夫吳之人

宜遠樓記

昔吳越錢武肅王承五季昏亂據有浙東西更三世四王挈其國歸宋迨今四百餘年宋社已墟而錢氏子孫尚有能讀書以保其門閥而不墜者若毗陵錢子常是已子常居太湖之滑於是面湖建樓曰宜遠良以湖之大三萬六千頃其島嶼起伏於渺茫之間者七十有二其最勝則洞庭莫釐與馬跡也其西則

軍帳其北為九龍諸峯莫不呈奇獻秀萃於几席凭闌縱目歷
歷蒼翠可指而數迴波驚瀾煙舫風船變現出沒孰為端倪葦
沙蒲沚水鳥飛舞疑有仙真往來顧眄於滉莽之頃豈但漁人
楫師之謳吟哉夫吳以水為國敞明爽曠固可眺覽子常之樓
近者皆可悲而無遺其尤遠者目睫有盡而物景無窮將不在
乎數百里之間而必極於無際也凡物自大視細者不見自近
視遠者不明有明目者可以及遠矣其能了千里於決眥乎然
則惡乎而可宜乎遠其宜乎遠者舉無礙于目睫可也雖然此
局於形体言之也人之靈蓋有不依形而立不附体而存者是
豈可以遠近限哉子常先得吳興趙文敏公遺書二大字揭于
楣而乞予記之夫物宜遠者豈但物景而已太上立德其次立
功立言今圖史所載錄者遠者千年近猶千餘年誦而傳之無
不宜舉而行之亦無不宜是宜遠之義也豈區〻目睫之謂乎

芝秀軒記

凡鍾秀而盈乎兩間者人與物也然舉莫若乎人〻宜無羨乎物
而猶有取而羨乎物者非以其常而以其異也今夫草木為物
至夥然未有不根而萌不土而植者獨芝之為物不類其生非
由根其植非由種抑亦可謂甚異也已然見取於神農之書得
取於楚人之騷至形之登歌清廟書之紀年國策告於神明頒
之天下其盛至於宋大中祥符之間芝之為瑞至不可勝紀若
有仙者以之為服食為樓觀自非秀異超出乎尋常草木則亦
惡能若是哉吳人馬君瑞家婁汀之上有取乎晉人煌〻靈芝一
年三秀之章也名其燕寢之西曰芝秀謁予記之予觀馬君年
垂八袠而神宇澄朗視聽明徹諸子及孫皆讀書慕義其森然

庭砌間者皆芝蘭玉樹也是皆君一身善慶之積烝為嘉祥蹏為瑞應顧芝之秀不土而植不種而穫者所能髣髴哉故善觀物者其嘉祥之應在焉君之家正不以物之異而特在乎人之常耳君登期頤上壽行且見其子若孫其秀不于芝于其人其瑞不于家于其國由此言之芝誠足以致瑞又豈止於一年三秀哉雖布護乎君之家不異凡草木可也為之記庸何辭

松石軒記

昔夏后氏分畫九州而青州有鉛松恠石之貢當是時風氣初開人未必有耳目玩好也儒先不能無疑於此以愚觀之玩好於時未必能然韶樂以球為主故后夔言樂獨於石則曰於擊石拊石然後百獸率舞鳳凰來儀蓋石音難和故磬必泗濱之浮今以靈璧所產之觀石用以為磬然非秀絕者不能有聲音之純故商頌曰既和且平依我磬聲然則恠石之貢蓋必異於尋常也已降自唐宋始以石為玩好然後石之品益繁宋宣和間於物無不品定故以太湖石品最高唐李贊皇牛奇章二人相業雖不同其於愛石則一也中吳在宋為織向至今荒圃廢宅石一燬於劫灰者在在有之若夫松之為貢棟梁榱桷禪房祖栈無不可者至乃蟠紐詰屈懸根獻秀始以松為園池亭沼之觀玩今參知政事澄江朱公以雄偉之姿遇風雲之會養毋夫人以孝待鄉曲間以誠故能出總戎機震耀乎諸軍之上入贊太尉府政雍容乎百僚之端公私第在吳城之正中深沉宏固於其客次有松有石左轄番陽周公扁之曰松石軒仍作太篆以表章之夫大參公擬之於松則清廟棟梁也擬之於石則韶樂天球也賓至而燕集於茲語咲於茲挹松之堅貞攬石之秀

潤其所以為國幹循民和者夫豈尋常松石之謂哉

春暉堂記

六經所以統天地之心者豈有他哉不過明君臣之義父子之親而已若夫詩本人之性情達夫倫理所以發明父母之於子子之於其親慈愛孝友由乎心術之微顯乎事為之著其本末先後終始小大蓋莫不備焉其曰欲報之德昊天罔極可謂至矣至乎唐之詩人其於三百篇雖未必一本乎性情之正然有關乎世教則其義一也故孟貞曜之詩曰難將寸草心報得三春暉其曲盡人情發明人子之於父母恩猶天地深婉微密亦何異乎欲報之德昊天罔極者乎去之數百年諷詠歎息要與蓼莪陟岵相表裏是則詩之為教有關乎人心俗化如此高昌觀君德亨簪纓世胄從仕于朝自其先祖翰林學士其先尊容省

使皆以純孝著聞于時逮德亨甫八歲而其尊人不祿母夫人撫腹鞠育以迄于成立用客省君之澤敕授海道萬戶府提控案牘兼照磨承發架閣諸職於是奉其母就養于吳德亨念親之老也瀡滫甘脆必嘗而後敢進定省凉燠必備而後即安凡所以欲得吾親之懽心者無所不用其極而歉然自以為未至也乃名其燕寢曰春暉堂夫以春陽光暉泥灩乎群物者豈一草木哉然以寸草之微得承乎陽豔郁郁青青有天地之仁焉有生物之道焉凡工於詩者非不欲咏歌其至也然卒莫之能而貞曜君能之此觀君所以取之也亦可謂知為子之道焉知奉親之孝焉為之記非溢美夫德亨也蓋人心俗化有繫焉者爾

東生堂記

吳山之崒起于震澤者累七十二峯峯巒綿亘其又突起而嶔峻

者惟馬跡山山周百二十里附山而居者鍾秀于山毓媚于川盖多良士秀民若錢山人子標則尤卓異者也子標問學又與山水爭深長每登山徘徊顧瞻念身世起滅之遽而覩友會合之難乃作東生堂于居之左每朝之日夕之月出於太湖之底而升于馬跡山之顛也委容光而經山人之室者東生堂盖得其全且山人觀於朝日而夕月也以為天行至健三辰麗天而委照下土惟日與月雖行天有遲速之殊至昕暮而皆生于東也星辰不在焉故驗夫所生四時有常道朔望有常軌分至有常度一或爽其常則東生之義乖矣於是山人起處是堂觀於昕夕悟進學之不可以無恒治家之不可以無要人徒見山人有時屏迹于山林之幽有時自混于城市之隘或衣鮮策駿或鶉裘鶡冠由其外而觀可謂無恒得矣然不知山人之所以檢其身者內而心術之精微外而言行之章著舉皆不可以無恒而駸駸然進於道矣東生之堂有助於山人者若夫豈直為歡宴娛賓之室哉堂面夫椒山故君自號夫椒山人按郡乘夫椒馬跡為山皆在具區所謂馬迹者由神禹治水道會稽得神書於此然其事異矣若夫椒越嘗敗吳其地事載傳記可考予雖老山人能致於山水之間則其景物之勝尚能為賦之

壽梅軒記

毘陵邵吉卿其母老矣其起處軒之外有舊植古梅一株枝榦所及大實盈庭梢杪上干高實覆屋既敷腴而條達復輪囷而屈伸望之如獸鳳蹲舞即之而瑛瑤朗映不問可知其為百數十年物也吉卿以其奇古過甚於是名之曰壽梅夫江南之梅不異凡草木所至蓋皆有之惟是多而莫之貴也故或混於荊

棘或戕於斧斤或困束於顛厓邃谷之下或自媚於孤烟野水之傍其卒而植之苑囿列之臺榭者率皆繁穉而鮮妍顧其老而奇壽而古者未必若是軒外之所有也則名之曰壽梅斯為稱情也已夫是吉卿之母夙稟貞異自其良人遠先即屏去膏沐斂尚朴素心慕空宗勤事如來日誦毘耶經典精進弗惑矣世壽莫堅於金石然金石有形有壞故莫若神仙長年然神僊長年在佛理究觀亦為虛妄故莫若西方覺皇有無量壽今郤母壽届耄耋皓髮脩容其學佛蓋已臻極其至宜其所居花木亦皆發於清淨願力又何止於壽梅而已哉

心遠堂記

聖人之門人難疑問荅不出乎仁之一言若夫心則一再言而已豈聖賢之學可以外心而他求哉蓋仁實心之全德語仁則心在其中聖人既沒孟子言仁則兼心蓋聖人之言非孟子無以明孟子之學非聖人無所據悠悠千載得之者誰靖節處士以晉勳舊世家於聖賢心學雖未必有所見然其純靜高潔不污其身固一世之高士矣至其所賦詩則曰心遠地自偏夫以聖賢言心惟恐其外馳而或遠今靖節云爾者蓋以心量廣遠言也既不局於事為之末亦不規規於形躰之累超然遠覽於萬物之表是則靖節心遠之謂也洛陽劉君大年以才選為漕府知事清慎而有守雅正而能斷其上世皆為名公卿故大年聲譽落落響人耳也今參謀漕幕駸駸方大用自非懋乎聖賢之學則亦何能致身策名若此哉然有取乎靖節心遠者以示乎志廣遠者非淺近所能識造高明者非凡陋所能知是則心遠之謂焉若夫心學之奧非[illegible]更僕不能竟姑以是為之記云

存雅齋記

詩始盛而雅作詩中衰而雅變詩隕墜而雅亡矣當宗周盛時大小雅與頌聲並洋溢雖其所以用之者不同然而鄉人邦國之間宗廟朝廷之上聞之而人心紓和奏之而神心舒悅人倫順於下天道應於上稽之於天則三辰咸若驗之於人則諸福咸集方是之時雅頌之和禮樂之作刑政之修明紀綱之畢舉是皆雅未變而文武成康之治比隆唐虞後世所以不可及也成康既沒王澤未竭雅頌正音尤足以匡維人心扶植政典更幽厲不君既始於衽席肇于閨壺已而蔓延于家國難鍾西戎毒流海宇於是雅變而王澤竭雅變而頌聲寢雅變而人心晦蝕天理或幾乎其熄矣然雅雖變而未盡亡也及乎王室既東中天之既甚慘於時平王自應枕戈待旦命將出師以雪不共

戴天之深讎然後人心復明政典復舉顧乃於文侯之誥易哀號慟哭之詞為平常撫恤之語于以見雅亡而春秋不得不作矣雅亡而春秋作天下之變故蓋有不可勝言者矣然人心終不死也天理猶不熄也則雅之所以存者顧不在於人乎是故國風變而入乎衛與鄭然桑間濮上豈盡淫泆也蓋有君子之風焉由此言之雅之存乎人心者則不以其亡而盡泯也郜君彥清父有志乎春秋之學也前乎春秋者雅亡矣彥清則謂人心不死也其所以存雅者顧豈不在於人乎於是作存雅齋記

止齋記

昔者聖人觀艮之象以為一陽上進已極不復進而止矣其下二陰為靜止止而下靜有止之義焉於是著重艮之象曰君子以思不出其位故舜之飯糗茹草若將終身文王羑里而衍易

仲尼厄於匡而弦歌是其心止於其所泰然不以外物所搖奪是心曷嘗一出乎外也哉然而衆人顛倒紛紜所思不能不出乎其位也故其身處卑下而思則在乎崇高身居淺狹而思則在乎廣大以至身在一隅而思行萬里之遠身輕一羽而思舉九鼎之重是皆不能知所止而所思汗漫放逸爲無益也使其無外慕之心而能知所止則食服居處一安其分而無慕乎富貴蓋非薄富貴而弗爲也謂爲天所賦而分所當安也是其心能止矣豈有外慕之心乎及富貴之來衣而游纓綴飽食而膏粱翕然居而華堂廣廈適至不增榮適去不加辱亦安於所止而已矣聖人以其義精微而道甚大也既於易發之又於所常言曰在止於至善夫惟父子君臣止於慈孝仁敬皆其位之所素定何可越位而妄思乎故曰艮其止止其所也吳士金君達可名其寢處曰止齋達可奉其親處其弟教其子姪既有以得親之歡又有以盡諸弟之友愛至於教子姪而齊家者一切身爲之率而弗事空言於是達可教行於家望孚於人安恬樂裕而無一毫外慕之心亦可謂能止於其所者矣爲號易艮義記之

陋隱記

人之於物不[illegible]以爲陋也乃能安之故蓬茨之下羹藜糜稗可謂陋矣而賢[illegible]自樂居而啗之豈賢者所好特異於衆人乎誠以命懸於天於[illegible]達有不可必也苟窮而慕夫達則於命有不安則必揆之於[illegible]安於命之所值泰然若將終其身方其未遇也耕不以[illegible][illegible]陋漁不以繩擉爲陋商賈不以魚鹽爲陋版築不以杵鍤爲陋一安於命之所值而不計乎通塞也是以豐草茂林鹿豕之所居也士有終其身而行坐嘯歌於是自以爲樂

汝林薄荇之所會也士有樂其身而行坐隱躁於野是自以為樂
不以行謂為兩一者於命以為所值而不十言之通達也是以豐草
耕不以離為遁不以隱為適不以其身之本者其適其
則必欲之於命必於命之所值者天下莫之違則於命之
命變於天者言之不可必也若求所以移其身之心
謂隱矣而謂之善而樂之者所好者異於衆人于是以
人之於物亦見以為固也乃能安之故達之下美譽可

隱巢記

無一事之累其心亦可謂能止於其所者矣然豈淺至於是哉
乎昔者靑莘之言以為無事而遊於天下之治人安於樂者而
久矣又有以為盡矣及其變至於數千歲而豈者一朝為
名其藏於身曰止者可奉其觀其身數其所以能者以為

者又何以致此哉所安所止乎故曰知其止其所止也其士全者言
言曰在止於至善夫唯以其所止其止於所至者則又於所止
而已矣聖人以其義理至於大道者其知於大道無不止
然止其於所止而不知止其止之所大之於所言止
能止之者昔賢之所止其心而止天下之所以止其止
貴於其所事而能安之心其所止者無所不止而得其所
無不心之所安而所止其能止於所安而不知其所止
凡其安重以安其身於不止而不知止於身則止於所止
在乎所止者如其所止之而其於所安者為止
是乃止者安其身於止者安其所止則知其所止
中之所以止其心而止其所止者不止其所止

有不知老之將至抑何至是哉蓋亦安其命而已矣命為天賦之正理能安乎命由能知乎天知乎天故不逐〻以外慕設慕乎其外未之有得而其中之所失有不可勝言者故善安乎命不為外物所動故不自知其陋焉句曲從老氏之學者顏道宗自號曰陋隱請予記之夫是之謂豈同聖門顏氏子之姓而學夫陋巷隱居之樂乎昔顏子以王佐之才得聖人為之依歸豈樂隱遁以自高哉誠以天之生人必聖人者出而君師之然後厚其生而復其性以孔子天縱之聖而不得其位非不憫天命而悲人窮顧乃周流以終老顏子見其然故甘簞瓢陋巷安貧樂道隱約以全天命所賦烏有毫髮勉強於其間哉故曰禹稷顏回易地則皆然學顏子之所學吾儒分內事也吾儒推陋隱之說如此未知陋隱為何如吃〻以為然當來共講以尋其所樂

懶齋記

百金之劍不善藏則鋒鍔缺燕石之弓不善閟則膠筋弛天運於上以成歲功然日必養明於夜月必養明於晦星必養明於晝地之道亦然春生夏長可謂盛矣然必揫斂之於秋堅凝之於冬天地化育其大者尚如此若夫千里之足九霄之翮使其追風逐電窮日之力不已則蹶之為德孫矣鵬飛其翼若垂天之雲海運而徙於南溟然不以六月之息焉烏能負青天而上者九萬里哉陸走而天飛者尚矣至於舟之濟川車之載塗髙帆堅桅揚天風遡鯨波一駛數千里苟有不慎欺忽不可收拾衆工致巧以為輪輻箱轅舉無不備使不擇夷險惟圖疾馳必覆僨之不暇何有舟車之用耶雖然是遠取諸物以為喻若夫近取諸身人之生稟氣乎陰陽肖形乎天地心神火也而禮配

馬肝神木也而仁配焉至肺腎之與脾莫不各有攸配而所謂土之信也水之智也金之義也皆不由聖智而加愚不肖而損人惟若是於是慕聖人而力學以求之朝夕孜孜弟恐其力之不至故古之學者所以有自強不息之功是則求諸已者然也若夫名位利祿貴富顯達是則求在外者求之外者有命於是曰求之有道得之有命既不可求而得乃安於所值而似乎退懶者況求諸已者雖曰體天行健也雖曰惟日孜孜也然有藏脩遊息之道焉故曰一弛一張文武之道也古之君子求諸已猶若是而況於外至者乎求之外者有退懶止足之意則其求之內者所以孜孜不舍也海道都漕運萬户府達魯花赤高昌章公自其上世來乘朱輪佩蒼珩出入乎鳳閣鑾臺職任乎方伯連帥以蟬聯乎圭組者素矣至公尤勤於問學凡聖賢之所垂訓百

家之所論載既委已以講求之及筮仕于朝歷清要執法中臺典司內禁可謂隆矣朝廷尤以漕府長難乎其選乃佩公以三珠金虎符乘傳南下公於漕政興利除害知無不為於是當宁遂免東南顧慮之憂公之臨政惟恐一毫之未至若然者可謂体天行健矣然而自號則曰嬾齋焉愚故竊知公之意以為名位顯達皆公世所素有既以求之有道得之有命矣等而上之參鈞衡秉樞軸俾之游於不知不識之天亦公之素有也雖欲退懶而不居蓋有不可得而辭避者是則公嬾齋之謂也

瞻雲軒記

金君伯祥家笠澤之上而好施與有客持金華黃侍講誌其先人之墓謂其上世以粟贍人之乏病与藥喪與櫬已再世至其先人尤刻苦節縮絲蓄粒聚而保其先業沒於至順三年葬吳

江久詠鄉之韓墅因澤國土善崩更廿有一年為至正壬辰歿厝于吳縣橫山吳巷村之原山距城半舍許背臨太湖而面若箕踞又名踞湖山伯祥以拜掃歲一再至於是屋於墳傍即其軒曰瞻雲索予記之予謂伯祥先人之塋域於此雖致愛則存致慤則著然其親之聲容咲貌有不可得而復見者矣顧惟山之雲起觸石合膚寸而飛盪胞晴雨晦明悠揚變化千態萬狀此人得而見之所謂英英白雲無時無者然詩人獨取以起興至達於天步艱難而狄梁公過太行覩白雲歎曰吾親舍其下由此言之雲固無定踪而孝子所以思其親觸物感懷有不知即此而發其怵惕哀慕之心也想伯祥於拜掃之際感慕其親焄蒿悽愴精而神之所在但見瀰漫皷隸之在巖谷於是曰吾親其在是乎何深有以觸吾衷焉故名軒曰瞻雲意甚婉矣伯祥之隣有沈仲說氏蚤孤養其大母備至既丧不忍期必三年廬墓以孝聞伯祥將薰陶之其瞻雲以思親彼此同一致予樂道人之善故以類推之詩曰孝子不匱永錫爾類此之謂也

聽雪齋記

凡人有所聽未有不由於耳者而莊周氏則曰毋聽之以耳而聽之以心夫人之為心主宰乎萬類故其職為天君若耳職司聽而為之君者侵厥官周之說無乃不可歟盖無聲之哀樂有非視聽所能察甚至明目視而不見聰耳聽而不聞其故何也無聲之哀樂繫乎人之心也由此言之周之說未為無理今夫天日月星辰風雨霜露運行乎四時莫不有恒度至於雪三時所無有而獨見乎玄冬或大或小或急或徐先臘有之謂之瑞未春而作人尤不厭逮春有雪則謂非時是雪不恒有然詩人

文士往〻有聽之者且雪之可听豈如五聲八音合人之歌椒閭而作諧和而成章抑揚而中律可以得於耳而會於心哉固不然也且雪作時貴富之家錦屏綉幄清歌妙舞又何暇乎聽之耶惟士而窮愁頹簷敗壁之下蔀屋篷窓之間地爐灰寒飢凍無聊於是惟雪之爲聽顧非喜於聽之也而雪之騷〻蕭〻風凄緊而夜沉寥雖欲絶之於耳自有所不可也此無他接之於心者然也予生六十有四年貧病憂鬱蓋無斯須之樂也春夏秋人所喜樂者予無與焉逮冬則不然天陰沍寒密雪作時其聽之悉而聞之熟者人蓋莫予若也是則隱憂之結於心不可以耳而以心聽者豈惟雪哉蓋凡接之於耳者莫不皆然西夏鄔密公仲貞父故三公子則其生長貴富豈窮愁賤士所可同日語哉其僑寓於吳也亦以聽雪名齋蓋仲貞方刮磨貴習委己於學其聽雪有甚於寒士之凄苦者故記以貽之

芝雲堂記

崑山東瀕海在吳屬邑獨以產石知名海内地誌謂山舊嘗產玉玉出河源萬里外而謂玉產是山其信否不可知也然今產石而不及玉其孚尹秀淅之氣宜有人焉得之邑良士秀民非無有也然爲農而樂於田里者或失之朴爲士而攻於文學者或失之鑿工賈末業不齒焉若夫精於士習而不鑿以求異安於田畝而不朴且鄙惟於顧仲瑛氏見之顧於吳爲著姓自吳丞相雍以下代有其人仲瑛家界溪溪望崑山裁十里許其出雲雨蒸烟嵐近在目睫間仲瑛家於是蓋累世矣内附後倜儻非常之人往〻自致青雲之上於是仲瑛之大父泉其諸從父皆紆金曳紫貴顯赫〻使仲瑛必發其所藴出爲時用高可爲名卿

次不失齒諸父顧方讀書績學臨帖賦詩堂序几案列三代彝鼎唐宋人書畫觴酒為壽以養其親且築室於溪之上得異石於盛氏之漪綠園態度起伏視之其輪囷而明媚既似夫天之卿雲其攣拳而秀潤又似夫仙家之芝草適合而名曰芝雲遂以其石樹於正寢前而名曰芝雲堂夫卿雲芝草世以之為瑞矣然雲氣之散聚芝草之榮悴豈能久而不變哉惟士君子積其所學尊其所聞孝行著乎閨壼德業章乎里閭推是美也譬之珠與玉焉玉之蘊石珠之藏淵其光氣自有不可掩者吾知仲瑛蜚聲騰實夫豈久淹於吳下者其為名卿而繼諸父有日矣幸先以予言鏡諸芝雲石上異時與彝鼎旂常併為不朽矣夫豈卿雲芝草之謂乎至正己丑秋八月望遂昌山樵某記

讀書舍記

君子所以貴夫讀書者豈徒誇多鬬靡而已哉豈徒博聞洽論而已哉豈徒科名利祿而已哉蓋三才萬物之理興壞治亂之效名物度數之詳動靜消息之故是皆非書莫能載故善讀書者其於理無不窮於効無不觀於詳無不考於故無不知夫若然者抑亦可謂繁且多矣然不返求諸身而會於約則豈善學聖人者哉故君子學欲其博守欲其要讀書者舍是吾恐其如大軍之遊騎出太遠而無所歸然竊論之唐虞夏商之時可謂至隆極盛也已士生其間豈非一一本於書也至周而文大備及其衰也聖人出焉六藝百家莫不折衷於聖人而後定由是之後觀於詩而性情得其正於書而政紀得其宜於禮而敬於樂而和於易則有以驗陰陽於春秋則有以定名分是則聖人之功與天地高深迄于今而不墜者由書始傳也書之功若是善

讀者即所以善學聖人也更秦書幾泯盡而無餘漢更武帝表章六經及其衰而學者讀書之効至以清言而高議扶持人極與漢相始終然人自為書家自為說逮乎隋唐以迄于宋明之為日月幽之為鬼神象犀珠玉之富車旗廟朝之貴河海山嶽之深厚風雲雷電之變化可謂衆且多矣然未有不本乎經根乎理以擅專門名家者也書至此而不勝其繁讀之者累日窮年而莫之能竟自非善讀以致其博善守以歸其要則將何以哉吴人顧仲瑛氏家於崑山界涇之上凡所居室藏修游覽莫不皆有題扁之名至於其所藏書而紬閱之所則曰讀書舍其所志以揭于兩楹者則曰學時習德日新予喜其有志於讀書也然其本末兼該內外交養則必本於反身窮理庶有以驗夫三才萬物無一不備乎吾心以合心之所固有推而達之家國

天下所謂成己之仁成物之智非善讀書者不能也雖余老矣且將扁舟過仲瑛以扣其所造詣仲瑛必有以語我至正庚寅秋七月記

昭肆齋記

昔聖人學韶學於齊至於三月不知肉味今韶載於書體製具在使止於若是則聖人何為而嘆美何為而肆學蓋必有超乎聲容綴兆之表能使齊之人雖三尺童子亦視端而趨疾不若是何以至於鳳儀獸舞祖考来格也故詩三百篇用之於宗廟朝廷其詞具在若其律呂音節清濁高下疾徐長短繫乎聲音者非授之於樂師工瞽唇齒舌喉不能然也至於九夏之歌在周禮則鍾師掌之說者謂樂之大歌有九所謂九夏者王夏也肆夏也昭夏也納夏也時夏也章夏也族夏也祴夏也驁夏也是九歌者舉有章程而不可以毫髮僭差也是以穆叔如晉侯

享之金奏肆夏三不拜工歌文王之三又不拜歌鹿鳴之三〻拜曰三夏天子所以享元侯也使臣不得與聞自周轍既東入於春秋樂師工瞽奔投河海然而君臣燕享之際猶不敢僭踰其嚴如此然則宗廟朝廷之間禮頌樂節何可以不學也哉松江夏顒貞好古而嗜學以爲昭夏也肆夏也牲尸出入之所歌也牲尸出入在宗廟之中以有事爲崇則可以逮及賤者於是扁其齋居曰昭肆亦有志學聖人於千載之上考遺經於千載之下非徒誾美夸多以眩博彫章刻句以求工若世俗然也況感人心之切者莫如聲故樂奏之宗廟君臣同聽之則莫不和敬奏之鄉里長幼同聽之則莫不和順奏之閨門父子兄弟同聽之則莫不和親故樂者審一以定和比物以飾節今顒貞得姓由神禹有天下以來年代悠邈驗之於昔九功惟敘九敘惟歌並之鍾師九夏之奏前聖後聖其揆一也夫若是則又在乎顒貞博洽貫通此昭肆名齋之意顒貞其懋勉以學之

停雲軒記

松江夏顒貞名其軒曰停雲士生承平時咏謌唐虞誦法周孔粗可以給伏臘及親甘臙之味温凊之室孝養之奉無缺歲時共徵繇奉公之暇則課耕種理釣牧歡忻紓愉尊酒談咲於一軒之間其才俊穎拔出以行其志亦得見於行事及謝事歸休有鄉故之樂無匱乏之嘆凡若此者停雲爲軒槩不自知其爲厚福也肉久而腐木久而蠹兵戈起於不測戰奪挺於俄頃常時少年變爲鎚埋刦灰眯目軍聲塞耳亦親不相保奔逃竄匿此皆平時所未聞見而停雲爲軒一鼂百罹何以堪處及喘息粗定覘知里閭鞠爲瓦礫欲求向時承平物景無一存者民生

若此尚何言哉昔晉靖節處士當晉之衰東南兵後不異於今宋武出定既亂而處士義與留侯分當致死徒以康樂形之空遺嬰大禍於是處士念八表同昏徒自痛憤優悠俯仰歸休田園擷蔬引觴托於停雲以起興致是其命篇賦詩之意也顧貞自其上世已稱善人曾大父讓齋嘗爲杭州司獄多所平反未五十懸車杜門人稱長者大父雯間尤好學急義尊父士賢甫能世濟其美朝廷旌以義門用勵薄俗丙辰兵變顧貞以道義名閥而室廬亦盡燬幸而家人獲僅完以城北之泗涇有舊田廬也徙家居之雖兵後牢落而奉親延師朋舊過從靡間一日至其讀書績學則收功倍於昔時於以見亂離瘼矣爰其適居而君子不改其恒有若此宜其思親懷友感念疇昔重有慕於處士也故仍扁其軒曰停雲夫雲變態無窮於易雲上於天需君子以飲食宴樂親戚朋舊身更離亂得與歡洽引觴紓憂則夫停雲是昔處士之心而顧貞善慕之謂也至正戊戌冬記

白雲海記

至正丁酉海寇刼崑山界溪顧君仲瑛奉母陶夫人避地于商溪在吳興之東南僻絶處人以君平昔尊賢重士雖危險殆艱裹糧挐舟以相從者相望不絶有寺曰慈隱僧聞君名延款禮遇備至故夫人甘脆之味温凊之奉一如家庭居無何病氣決而歿君痛母客死旅次號慟頓絶事平即奉函骨歸祔葬于綽墩之先隴仍即舊居堂後結樓而名之白雲海時登焉躑躅四顧以爲吾母果安在乎夫精爽其在此乎否乎終天之痛何時而已乎某與君交久相厚俾爲之記昔唐狄梁公使過太行見白雲孤飛念親舍其下徘徊興歎然狄公於時母未亡豈若君

之母不存君之痛莫贖且其家封殖百年之久園池居室書册琴尊悉委棄於出奔母子纍纍寄命草野徒以德厚在人粗畢襄事近商溪人未能言君之喪其母也弔者相屬哭者相踵執紼追送幾千人噫士於此可以驗平昔之為人今既歸葬登樓以思凝望延佇原隰演迤湖江渺然瞻彼白雲或卷或舒或明或滅雲之意態莫盡而君之哀痛何已且惟新朝聞君才名將授以秩君嶄然衰絰固辭弗獲乃祝髮家居日誦毘耶經以游心於清淨覺海深惟海之大無際雲之變無窮君之所以思親也觀其奕奕盤礴極海際天莫匪孝思之情至其著存不忘僾然必有見乎其位肅然必有聞乎其容聲然則夫人魂氣精爽乘雲下上要與君接乎雲氣縹緲之間者与雲海相無窮也是為記

瑞竹記

艸木之於人非有情聲氣脉相感召然其應自有適相符者故孝經援神契曰元氣混沌孝在其中其言庶人孝則浮珎舒恠草秀水出神魚緯書非經固不可深信然吳人金氏兄弟其家居也析而復合庭舊栽藂竹忽一根而兩竿視他竹尤青潤而秀拔人皆以為孝友所致故名之曰瑞竹焉金自得姓始於祭天金人其盛至與西京相終始後雖顯者無聞然亦代不乏祀令伯祥仁孺之為兄弟也其六世祖蓋已讀書績學居長洲蘇臺鄉之貞豐里後還居郡城籍名學校逮伯祥之先君子樂善君鄉里稱善人必曰君人蓋意其必有後也樂善創別業于吳江之笠澤與貞豐相去無一牛鳴地意在於追遠然後不相遠而相近也樂善君生四子雖各異母而伯祥仁孺友于天至念其兩兄雖早世且析處異居亦久而祥孺日益好學至於大衮

其西以錯十世且於麗居于市大石將十德日益始奉高行大會
而揖近於樂吾吉門頭有甲井而伯祥十揮友于大金合
浮流與平真豐相共遇一年過遠在於連隸諸後大相遠
君鄉里真豐以日居入盡其必有後也樂書創業千樂昔
善伯祥行樂以為及身也其殆遠連伯祥之來居于樂無
今金入其處至與西京相從各之日諸書籍寶居東至之托
天下於人情以為夫友所以故而一根而論行為金自得其務
者也精而復合所以哉哉行根而為予遊予行青潤而
思一之此由樂書非禮國不可深信以樂入金以大争其家
於是強神口之所以為在其中深其言康入者則於新流
事本之於入非有情相成為其應自有適相於者故

〈琴苑卷十　十八

琴苑記

上梁與蔡安世遊麗蓄之問蓄日靈海相奏之
不見乎其存誠於此乎其所以樂則大人
有其來鳴而宗天莫匯乎由之情至其
頭清律海平大無際之樂舞之變無若不
然其譯回之理乃樂乃乎之行所以以
以為之書意旦書之於情何已且崩臣所以
說有何其演流也國演流潤以我明
思遠于人之上於山以鐵年吉之為入今
事近入來龍言為之其由也者相
恭事由帝年曰命曲在人之
之平不為之書其事且其之不通百年之人

長枕之樂讓財代死之義未嘗不感慨而興慕也於是祥儒相謂曰我四兄弟今惟二人吾二人不幸墜先人基搆而忍分門割戶異日何以見先人於地下於是兩家復合為一姻戚鄰舊無不舉酒相賀雖無情若艸木故其竹有一根兩幹之祥蓋非有所待而然也是其昆季暫離而復合暫異而復同其根柢綿衍秀穎之兆造物者固已示其端於此矣人遂以瑞竹名之蓋非夸詡也吳人士為賦詩者且成卷而乞記於予昔寇萊公貶非其罪而身後有瑞竹之祥虞雍公父更生佛祠下亦瑞竹挺秀彼皆宰相所格於天者大有不敢援者故予為之記俾有取乎緯書之言而表章之耳

至正壬寅秋七月望書

王氏彝齋記

君子所以貴乎故家遺俗者豈特其名稱也哉其文獻有可稽其支亂有可采其傳其授有可法可考夫若然者要豈一日之積哉宋渡南諸帥臣以功名顯者固不一若王襄愍抗節以死於苗劉之難賜塋義興山中其五世孫覺軒先生宋亡後以文儒起家官至蘭溪州判官當盛年即委政歸蘭溪君之子子敬與其昆季仲德子明皆克力學以世其家文獻之傳有可稽可法重以三昆季博洽以考索嗜古而識精於是其家書傳子史百家之言三代兩漢尊彝罍鼎之器六朝以下圖史繪畫之屬象犀玉石製作之粹在他人代有一二物猶可哆然自足若蘭溪君之家殆所謂如行山陰道中千巖萬壑使人應接不暇向三十年前其里人岳漢陽與君中表親戚予嘗從漢陽登君仁後堂所見歷歷固已若此今更一世其所增益蓋必倍蓰於昔時方泰定間子敬當無恙歲朝禱籤於大神之祠籤語有謂當獲古鼎是年果

得商父丁彝於雒陽夾谷之家夾谷初不識為彝第謂灞陵橋下出於漁者之網邑彝太容一斗重十斤其欝發而為文章雖五采爛錦不足以喻其菁華其模鑄之藻思雖妙畫重複不足以喻其巧神子敬既得之則大喜以為大神籤語靈貺若此至合海內博識之士觀之不獨推彝為三代銅器第一且盡讓子敬之賞識為不可企及云未幾子敬捐館至正壬辰郢父没餘二十年矣是歲傳聞寇將犯淛西敬父之子令顯字光大乃謀於二父載貲以隨必為貲所累固莫若窖藏之而盡室以避去光大尤念彝其先君子所賞鑑乃沈彝於園池之深屏處夜聞池中有物怒吼殊訝之於是出彝於水寄之他處比賊退視所窖藏與其萬金之貲千柱之室皆熇燬掘鑿無一存者而彝也乃獨巋然獲存夫光大之先君子禱籤乎神謂獲古鼎而是年

果得彝固已神矣晏然太平之世豈料變起不測哉急迫之際沈彝水中而乃怒吼以規免於盜賊之手由此言之彝之神不可泯没無傳也已按經傳商諸帝有沃丁中丁祖丁武丁庚丁太丁若父丁則未之聞也或疑武聲相近而尊稱之今獲是彝尚足以裨經傳之缺故歐陽公金石錄每謂古器物銘款多可以證定譌缺是於世教豈小補哉光大念其家故物無一存者獨彝為先君子所寶愛於是遂以彝名齋夫王氏世澤之溥彝能神之為之兆是相與永久無窮也必矣作彝齋記

貞節堂後記

都功德使司都事無錫華君之室人陳氏年二十八喪都事君君殁更三十六寒暑而夫人亦已老矣至於是而都事君之貲産薄者厚遺孤幼且壯孫且授室則夫人之老可知里父老以

夫人之貞節是則可以暴著於天下矣乃悉具其貞節之實言於有司有司轉以聞于朝省朝省下其事於無錫州州為表其門曰貞節云都事君少年有大志一旦捐妻子北上以才名見知諸公間當國家崇尚佛乘徼福受釐之時都功德司所由建職當奏事上前密迩清光其貴顯無難者顧乃抱病南歸無幾何而不禄方歿時其孤幼武裁六歲夫人之為女為婦皆大家能痛自刮磨富嬌華既大族中表内外無慮數百人夫人哀死事生雖纖悉必中矩度教其子使之循循雅飭委已於學夫人每帥婢媵蠶績紉紡時節晝夜有恒式不少置幼武既長則時勸其母且少休夫人曰民勞則善心生季孫母吾師也幼武齒日長學日進思所以奉其母者無不至於是扁其堂曰貞節嘉議大夫禮部尚書致仕干公為作貞節堂記其於夫人潔白之懿行

堅凝之苦節稱頌贊述蓋已無乎不備然而幼武猶屬後記於遂昌鄭某今夫馭車以行陸操舟以涉川其始也有兢慎之心無銜橛之患何往而非安坦之途及乎中道操者肆馭者倦而始有不虞矣故曰行百里者半九十今夫人之粹德懿行雖稟於天者使然要自都事君之歿三四十年之間終始一揆其於貞節固將照映今古幼武之於斯堂也每於歲時率其親友奉觴再拜為夫人壽其驩欣悅懌之意上有以裨民風下有以範薄俗夫豈易易於言者所能既哉昔李文公傳高愍女楊烈婦屬辭不愧史遷今公之記斯堂也何以異乎若夫後記之作則歟公之門有徐無黨在焉幼武字彥清至正九年春二月記

玉山草堂記

昔王摩詰置莊輞川有藍田玉山之勝其竹里館皆編茅覆尾

相參以為室於是杜少陵為之賦詩有曰玉山草堂云者景既偏勝詩尤絶倫後六百餘年吳人顧仲瑛氏家界溪溪瀕崑山仲瑛工於為詩而心竊慕二子也亦於其堂廡之西茅茨雜尾為屋若干楹用少陵詩語扁曰玉山草堂其幽閴佳勝繚簷四周盡植梅與竹珎奇之山石瓌異之花卉亦旁羅而列堂之上壷䙝以為娛觴詠以為樂蓋無虛日焉客有過其家喜即草堂以休偃者仲瑛乞為之記客乃為之言曰夫物貴乎有初其來尚矣在邃古時所謂標枝而野鹿久之而始知以韋前及夫上衣下裳之日亦何取乎方尺之韋以蔽乎膝之上也然不若是不足以謂之法服示不忘其初者其意可見竊意上棟下宇之始也其草若以為室當必在乎陶瓦之先今而覆瓦利百倍於茅也其索綯以乘屋者貧者不得已也若仲瑛覆瓦而室者亘數百楹櫛比而鱗次若波水然然猶搆此草堂者豈但追慕少陵摩詰乎蓋亦古人不忘其初之謂也仲瑛嗜詩如飢渴每寘心古初哦詩草堂之下既以成篇什又絲繪以為之圖今復命客為之記焉其於草堂拳拳若此勢且與浣花溪輞川庄同擅名於久遠豈特不忘其初之謂哉客者遂昌山樵鄭元祐其為之記則至正九年秋九月一日云

清江一曲記

嗟乎士生於世考求聖賢之成法將以推之以及乎民所謂幼學而壯行也豈必於隱乎不幸不得進其身又不可外慕以倖求也乃至隱身耕鑿混跡漁釣一切鞅掌喧闐舉不能汨吾心志惟適吾身以養吾學此清江一曲所由名也吳之郡其西則自山陂陀綿亘百餘里不絶其東水滙為湖流為江而瀕之海

莫非魚龍之宮鮫鼉之窟水禽上下葭菼青蔥可信乎王孫雒之言也然自江南歸職方經制寬廓齊民兼并蕩〻不知有禮禁一旦事變如浮雲空華其於兼并也何有去吴城、果一舍許有謂陳湖者而姚江則出其西其地江湖滋漑土脉衍沃吴人丘君進惪世耕稼於其上而進德恂〻孝弟聞於鄉里灌田築室伏臘之計裘葛之奉雖粗足以仰事俯育而其心則充然以為有餘而無慕乎其外者也人有自其鄉來者言其江與湖延綿相聯混若為一至其涵端倪浴日月動而為風濤吐吞烟浪激搏靜而為天水鏡瑩一波不興賈舶漁舟唱歌響荅攜魚鰕市肴酒有弗知誰賓誰主此則陳湖之大致也而進德之居是躬耕食力與其農氓釣叟尓汝以言箕踞而坐杜少陵所謂桃源人家易制度橘洲田土仍膏腴蓋謂是歟然進惪讀書績學素欲見

推乎民以行之然非其時又不肯苟且以倖進顧甘栖遲伴奐於烟水之鄉故取少陵詩句以名其所處其所養所適何如哉予雖弗獲丘君識而沈仲說氏吾友也則與進德居相近亟稱進德之賢不輟口斯時也仲說與進德屏遯江湖之間濯纓洗耳煮芹烹蓴與海鷗渚鴈農釣父叟對酌酣歌相忘物我放浪形骸之外有寵辱何足以動之有不自知其為無懷氏之民也昔管寧王烈邴原浮海東逝而其處已處人皆可師法然今二君子之所處要必有所本矣何時欵予清江之一曲呼長風酹明月賡枻村流之詩容與唉譚以連旦夕豈不同償一快耶進德以為然爰鼓沙棠以往書之記為左券

溪山勝槩樓記

延陵溪山散在四封獨惠山秀出於梁谿溪當南北衝要發源

於山而山之泉自唐迄今擅天下名品在第二山復突起于平壤數百里之間老佛之宮與士民室廬蜂房蟻垤以附麗其深秀者槩無一弓宜地棄抑亦可謂盛矣乎然得其邃深者或迫塞而不舒得宏敞者或空曠而不茂宻獨華君別墅在無錫西門惠山橫陳悉露其深秀凡山之霏烟洩雲雨紓晴復朝暉夜光吐濩閃睒以至於山之竹樹水石春腴夏陰揫斂而勁實者不出於其別墅几席之上則在於簷廡之間夫梁溪演迤而東也至兹而始浩渺溢目鳬鷺儵魚翔泳出没菰蒲荷芰被接洲渚望之而彌長挹之而彌深槩無遺觀也已高槐疾颿吳歈越謳溪翁梔師網罟繩獨舟炊而野飲聚語而散處掠輕檻而過望樽俎而咲遌與之相忘形骸而莫適為之主賓矣人謂君別墅据山水要會而揔攬兼得之至順四年春予之維揚載舊藏

溪山勝槩四字扁將捐之溪菴野寺耳君見大喜曰是造物者名吾亭也於是取而揭之水軒更七年為至元仍紀元之五年予復道梁溪則於水軒之南建樓而扁揭其上樓既高迴景益秀出登樓而觀山若增而益高水若浚而益深凡所謂勝槩者較之水軒不啻數倍也已夫延陵非無佳山水也顧已散在窮僻獨惠山不遠州郡而君之別墅適得其勝槩然更唐宋以迄于今果何如也華君能以德培其家教其子孫交友天下之賢者相與詠歌而登覽之則斯樓也豈徒一時之勝槩也哉君名瑛字子英云予遂昌鄭元祐為之記

僑吳集卷之十